BIBLIOTHÈQUE
RÉCRÉATIVE ET MORALE
POUR LA JEUNESSE.

LE COUSIN
DU
PETIT-POUCET

Sélim est enlevé miraculeusement par sa canne et ses pantoufles

LE COUSIN

DU

PETIT-POUCET

PAR

ALEXANDRE DE SAILLET.

ILLUSTRÉ DE 9 GRAVURES A DEUX TEINTES.

PARIS

LIBRAIRIE D'ÉDUCATION, A. COURCIER, ÉDITEUR

13, BOULEVARD SÉBASTOPOL (RIVE GAUCHE), 13.

1862

LE COUSIN

DU PETIT-POUCET.

Le père du petit Sélim, honnête tailleur de Nikéah, y était fort estimé pour son honnêteté et sa bonne conduite; mais il aimait peu son fils, dont il rougissait, parce qu'il était toujours resté de la taille d'un enfant de six à sept ans; il l'avait laissé avancer en âge sans s'occuper de son instruction; grande faute assurément, car plus son fils était petit de corps et frêle de santé, plus il eût dû s'efforcer de grandir son intelligence et ses connaissances, pour faire compensation aux disgrâces de sa constitution physique.

Quoique fort agréable dans sa très-petite personne, Sélim, à seize ans, n'était encore qu'un enfant, dans toute la valeur de cette expression. Son père, plus sévère envers lui qu'il n'était réellement en droit de l'être, lui répétait sans cesse qu'à son âge, il dédaignait depuis plusieurs années déjà les jeux des enfants, et qu'il était honteux, à cet âge, d'être encore si incapable d'aucune réflexion sérieuse, d'aucune résolution utile.

Vers cet âge, le pauvre petit Sélim perdit son père et resta seul, sans appui, pauvre et incapable de gagner sa vie. Pour comble de malheur, des créanciers inhumains chassèrent l'enfant hors du toit paternel, lui conseillant d'aller chercher fortune à travers le monde. Le petit Sélim répondit qu'il était tout prêt à voyager, et, sans se faire répéter l'invitation de déguerpir, il prit une canne pour aider sa marche et sortit résolument de la ville.

Il marcha gaiement toute la journée, car il croyait naïvement aller au-devant de la fortune; voyait-il un caillou reluire au soleil, il le ramassait précieusement, espérant qu'il allait se changer, dans sa poche, en un diamant de grand prix. La coupole d'une mosquée, un lac brillaient-ils à ses yeux, il s'y dirigeait ardemment, espérant découvrir un pays habité par de bons magiciens.

Mais, hélas ! ces fantômes consolants s'évanouissaient à son approche, et sa lassitude et son estomac qui criaient de besoin, lui firent bientôt comprendre qu'il n'avait pas encore quitté le pays des faibles mortels.

Il voyageait ainsi depuis deux jours, accablé de fatigue, de faim, d'inquiétude, couchant à la belle étoile, désespérant de trouver la fortune ; les fruits sauvages étaient sa seule nourriture.

Au matin du troisième jour, du haut d'une colline, il distingua une grande ville ; la lune, dans son plein, en éclairait vivement les toits ; des pavillons brillants, de toutes couleurs, s'agitaient au sommet des maisons ; ils semblaient faire signe au petit Sélim de venir à eux. Surpris, il s'arrêta et regarda la ville et ses environs.

— Oui, petit Sélim y trouvera sa fortune ! se dit-il en lui-même.

Et malgré sa lassitude, il sauta de joie à cette agréable pensée.

Il réunit donc toutes ses forces, fit un appel énergique à sa volonté et se remit en marche. Mais quoique la ville lui eût paru très-proche, il ne put cependant y parvenir qu'à midi. Ses pauvres petites jambes lui refusaient presque le service; avant d'arriver, il fut forcé de se reposer à l'ombre d'un palmier; enfin, il parvint à l'une des portes de cette cité.

Il rajusta son manteau sur ses épaules, remit plus d'aplomb son turban sur sa tête, redressa les plis de sa ceinture, puis ayant secoué la poussière de ses pieds, il prit gaiement sa canne à la main et entra.

Il parcourut d'abord quelques rues, mais aucune porte ne s'ouvrit pour lui; personne ne lui dit, comme il se l'était imaginé :

— Petit Sélim, entre, bois, mange et repose tes petits pieds!

Comme il regardait tristement la façade d'une grande maison, une des fenêtres s'ouvrit; une vieille femme s'y montra et chanta d'une voix nazillarde :

« Minets, minets, mes chères amours,
Voici l'instant de la pâtée,
Votre soupe est bien apprêtée,
A ma voix ne soyez pas sourds,
Venez, minets, mes chères amours!... »

Selim prie Mme. Zaïda de lui donner l'hospitalité.

La grande porte de la maison s'ouvrit aussitôt, et Sélim y vit entrer des chiens et des chats.

Il hésita quelque temps, incertain s'il devait prendre sa part dans l'invitation; enfin il prit son courage à deux mains et entra; devant lui s'avançaient deux jeunes chats, il les suivit, espérant qu'ils sauraient peut-être le chemin de la cuisine.

En haut d'un escalier, Sélim rencontra la vieille femme qui avait mis la tête à la fenêtre. Elle le regarda d'un air fâché et lui demanda ce qu'il voulait.

— Vous avez invité tout le monde à votre potage, répondit résolument le petit homme; or, comme j'ai grand'faim et ne sais où dîner, je suis venu aussi.

La vieille ne put s'empêcher de rire, et lui dit encore :

— D'où viens-tu, mon petit ami ? toute la ville sait que je ne fais la cuisine pour personne, sinon pour mes chats bien-aimés. Quelquefois, cependant, pour les distraire et mieux exciter leur appétit, je leur invite de la société du voisinage, comme tu le vois aujourd'hui.

Le petit Sélim raconta à la maîtresse du logis combien il avait souffert depuis la mort de son père, et la pria de lui permettre de prendre, ce jour-là, sa part du dîner de ses chats. Ce récit, accompagné d'un ton de franchise et d'un air d'humilité, plut beaucoup à la vieille femme. Elle lui permit d'être son hôte et lui donna généreusement à manger et à boire. Lorsqu'il fut rassasié et reposé, la maîtresse du logis le regarda attentivement et lui dit :

— Petit Sélim, reste à mon service, il n'est pas pénible, et tu seras bien traité.

Sélim, qui trouvait fort à son goût le potage des chats, se garda bien de refuser cette proposition, et devint le domestique de Mme Zaïda ; son service était facile, en effet, mais passablement étrange.

Mme Zaïda avait dix chattes et quatre chats ; le matin, petit Sélim les peignait, les brossait, parfumait leurs fourrures d'essences précieuses : quand Madame sortait, il était chargé de leur surveillance ; aux repas, il devait leur présenter respectueusement les plats et les assiettes, leur servir à boire du lait frais, pur et sucré, ni trop chaud, ni trop froid ; la nuit il devait les coucher mollement sur des coussins rembourrés de fin duvet et recouverts de soie douce et brillante, puis étendre sur eux des couvertures de velours.

Il y avait aussi dans la maison quelques chiens qu'il servait, mais on ne faisait pas avec eux, à beaucoup près, autant de cérémonies qu'avec les chats. Ceux-ci, Mme Zaïda les soignait, comme elle eût pu soigner ses propres enfants, avec une sollicitude toute maternelle.

Petit Sélim menait là une vie aussi solitaire que celle qu'il avait menée chez son père, et même plus solitaire encore, car, sauf la maison, du lever au coucher du soleil, il ne voyait que des chiens et des chats. Pendant quelque temps, notre petit homme se trouva fort bien de son genre d'existence; il travaillait peu et était bien nourri. Mme Zaïda semblait aussi très-contente de son serviteur; mais, peu à peu, les chats devinrent turbulents. Un jour, pendant une absence de leur maîtresse, ils se mirent à cabrioler comme des fous dans la chambre, jetèrent tout par terre, et, dans leurs jeux inconsidérés ils brisèrent quelques beaux vases. Aussitôt qu'ils entendirent le pas de leur maîtresse, ils se couchèrent paisiblement sur leurs coussins, et, à sa vue, agitèrent gracieusement leur longue queue, comme si rien d'étranger ne s'était passé.

Mme Zaïda entra dans une grande colère en voyant

son appartement dans un tel désordre : elle en accusa Sélim ; celui-ci protesta en vain de son innocence, elle eut plus de confiance à l'air candide de ses chats qu'aux protestations de son domestique.

Le petit Sélim devint fort triste en voyant qu'il n'avait pas encore trouvé là sa fortune. Il résolut de quitter le service de Mme Zaïda; mais, comme il s'était aperçu, à son premier voyage, qu'on vivait très-mal sans argent, il résolut de se procurer par ses mains la récompense que Mme Zaïda lui avait si souvent promise, sans jamais la lui donner.

Il y avait dans la maison une chambre toujours fermée et dont il n'avait jamais vu l'intérieur. Cependant, plusieurs fois, il avait entendu Mme Zaïda y faire du bruit, et souvent, en secret, il avait formé le vœu de connaître ce qu'elle y tenait renfermé, à force de songer à se procurer de l'argent pour son voyage, et finit par s'imaginer que les trésors de Mme Zaïda pouvaient bien être cachés dans cette chambre mystérieuse, mais la porte en étant toujours solidement fermée, il ne pourrait jamais parvenir jusqu'aux trésors.

Un beau matin, comme Madame était allée aux provisions, un petit chien, qu'elle avait toujours traité en marâtre, mais dont Sélim avait gagné la faveur par quelques soins d'amitié, vint le tirer par son pantalon, lui faisant entendre, à sa manière, qu'il devait le suivre. Sélim, qui aimait à jouer avec cet animal intelligent, le suivit volontiers, et le petit chien le conduisit dans la chambre à coucher de Mme Zaïda. Là, il s'arrêta devant une petite porte que Sélim n'avait jamais remarquée jusqu'à ce moment; de là, le petit chien entra dans une salle voisine où Sélim le suivit encore.

Quelles ne furent pas sa surprise et sa joie en se trouvant dans cette chambre où, depuis si longtemps, il désirait entrer! Il regarda partout, espérant trouver de l'or, de l'argent, des pierreries; mais il ne trouva rien que quelques vieux habits et des vases d'une forme et d'une matière admirables.

Un de ces vases attira plus particulièrement son attention; il était en pur cristal, et représentait gravées avec un art admirable, de très-belles figures. Il le souleva et le tourna dans tous les sens; mais, ô terreur! il n'y avait pas remarqué un couvercle qui n'y adhérait que très-légèrement; le couvercle tomba et se brisa en cent morceaux. Le petit Sélim, presque anéanti d'épouvante, demeura quelques instants comme privé de raison. Voilà donc son sort absolument décidé! dès ce moment, il faut fuir; autrement, la vieille le fera périr sous les coups. Cette fois, son voyage est bien résolu; il ne voulut plus que jeter un coup d'œil sur toutes ces richesses, pour choisir parmi elles les objets qui pourraient lui être directement utiles dans sa nouvelle situation.

Une paire de pantoufles attira ses regards; il s'en fallait de beaucoup qu'elles fussent belles, mais les siennes étaient hors d'usage; en outre, celles-ci l'attiraient tout particulièrement par leur petitesse. Une fois qu'il les aurait aux pieds, personne, assurément, ne s'imaginerait qu'elles n'avaient pas été faites pour lui. Il se débarrassa donc promptement de ses vieilles chaussures et adopta les nouvelles.

Une canne de promenade, surmontée d'une tête de lion artistement sculptée, attira également son attention; elle lui parut s'ennuyer beaucoup dans son coin, il la prit donc aussi et sortit de la chambre.

Bien que ces objets lui semblassent de peu de valeur,

Selim est puni par sa curiosité, il casse un vase d'un grand prix.

Imp. Sarazin Paris.

ils'emparait pourtant de choses sur lesquelles il n'avait aucun droit, il commettait une mauvaise action ; or, comme jamais une mauvaise action ne reste impunie, nous verrons qu'il en porta le juste châtiment.

Ainsi chaussé, il monta vivement à sa mansarde, jeta sur ses épaules son petit manteau, se coiffa de son turban, puis équipé de la sorte, aussi lestement que ses petites jambes le lui permirent, il s'enfuit de la maison, et même de la ville; hors de l'enceinte de celle-ci, il continua de courir de plus belle; on aurait cru que la peur lui donnait des ailes. Il poursuivit ainsi sa course précipitée jusqu'à ce qu'il n'en pût plus de fatigue.

Jamais de sa vie il n'avait couru aussi vite, et il lui sembla qu'il ne pouvait plus s'arrêter, il se sentait comme entraîné par une puissance invisible et mystérieuse; il fut bientôt convaincu qu'il fallait que ses chaussures fussent douées d'un pouvoir surnaturel, puisqu'il courait toujours malgré sa volonté de s'arrêter et le besoin impérieux qu'il en éprouvait. Il essaya de plusieurs manières de s'arrêter, mais jamais il n'y put réussir. Se sentant dans un grand danger, il se cria machinalement à lui-même, comme on le fait aux chevaux :

— Oh !... oh !... halte !... oh !... là !

A peine eut-il prononcé ces paroles, qu'il s'arrêta tout à coup. Écrasé de lassitude, il s'étendit sur la terre.

La découverte du pouvoir féerique de ses chaussures lui causa une grande joie ; puisqu'il possédait le moyen de pouvoir courir rapidement, désormais, après la fortune, il finirait certainement par l'atteindre.

Malgré sa joie, il s'endormit de fatigue. Le pauvre petit corps de Sélim ne pouvait pas y résister longtemps ; il rêva et crut voir le petit chien à l'instinct duquel il devait ses rares pantoufles.

— Cher Sélim, lui dit-il, tu ne comprends pas encore tous les précieux avantages que tu peux retirer de tes chaussures ; apprends qu'en tournant trois fois sur le talon, tu te verras transporté où tu le désireras, à l'instant même. Sache aussi que ta canne te fera trouver des trésors ; partout où il se trouvera de l'or enterré, ta canne frappera trois fois la terre, à temps égaux, et deux fois seulement pour t'avertir que c'est de l'argent.

A son réveil, il réfléchit à ce rêve extraordinaire, et résolut de faire un essai ; il mit ses chaussures, leva un pied, et tâcha de tourner sur le talon de l'autre pied. Quiconque a essayé le même mouvement avec des pantoufles, ne s'étonnera pas que Sélîm n'eût pas réussi du premier coup. Plusieurs fois même, il tomba sur le nez ; mais, sans se décourager, il s'y reprenait de nouveau, car il commençait à savoir qu'on n'arrive à rien sans peine. Sa persévérance fut récompensée, il réussit enfin.

Il pirouetta trois fois de suite sur le talon, et se désira dans la ville la plus prochaine.... Soudain, ses pantoufles l'enlevèrent dans les airs, et, fendant les nuages avec la rapidité de la flèche, avant seulement qu'il eût eu le temps de songer à ce qui se passait, il se vit sur un grand marché, où circulait une foule de gens au milieu d'une innombrable quantité de boutiques. Il se promena d'abord au sein de cette multitude, puis il crut plus prudent de se rendre dans une rue moins fréquentée, car, dans la foule, on lui marchait sur les pieds assez brutalement pour qu'il faillît tomber plusieurs fois. Il se retira donc de la foule aussi promptement que possible.

Le petit homme réfléchit alors à la manière dont il devait s'y prendre pour gagner de l'argent. Il possédait pourtant une canne qui pouvait lui révéler les trésors enfouis sous la terre, mais où trouver tout de suite une place où fût enfoui un trésor?

Il pouvait aussi, grâce à sa petitesse, se faire voir moyennant rétribution, comme un objet de curiosité; mais il se sentait trop d'orgueil pour accepter un tel pis-aller. Enfin il pensa à la rapidité de sa course féerique.

— Peut-être, se dit-il, mes chaussures m'enrichiront-elles!

En conséquence, il résolut de se mettre en service comme coureur. Pensant, avec raison, que le roi de ce pays le paierait mieux que n'importe qui, il se fit indiquer son palais.

Sous le portique de la demeure royale, une sentinelle montait la garde; cet homme lui demanda brutalement ce qu'il venait chercher en ce lieu. A sa réponse, qu'il cherchait une place, on le renvoya au chef des esclaves. Il présenta donc sa demande à celui-ci, le priant de lui procurer une place parmi les coureurs du roi.

Après l'avoir curieusement examiné de la tête aux pieds, le chef des esclaves lui dit :

— Comment as-tu la prétention d'être admis au nombre des coureurs royaux, avec de si petits pieds et de si petites jambes? Me crois-tu donc disposé à servir de passe-temps aux fous?

Le petit Sélim l'assura très-sérieusement qu'il ne plaisantait pas et qu'il pouvait défier, à la course, le coureur le plus rapide. Ce défi parut extrêmement plaisant au chef des esclaves; il lui commanda de se tenir prêt à courir dès le même soir : puis, l'ayant conduit à l'office, il lui fit servir à boire et à manger. Lui-même, de ce pas, il se rendit chez le roi, à qui il raconta la prétention du petit homme et le projet plaisant que cette prétention ridicule lui avait inspiré.

Le roi aimait les plaisanteries; il félicita le chef des esclaves d'avoir retenu le petit Sélim pour son amusement. Il lui ordonna de faire préparer le champ de course sur une grande prairie, derrière le château, afin que, de ce point, la lutte pût être vue commodément par toute la cour. Il voulut, surtout, qu'on prît grand soin du nain.

Le roi apprit aux princes et aux princesses la comédie qu'il leur réservait pour le soir même. Ceux-ci le reportèrent à leurs domestiques, et, quand vint le soir, la ville entière en était instruite et se tenait dans une vive attente; tout ce qui pouvait marcher se rendit, pour assister à ce spectacle, sur la prairie, où s'élevaient des amphithéâtres.

Lorsque le roi, ses fils, ses filles, ses grands dignitaires eurent pris place à leur tribune, le petit Sélim parut dans la lice. Il adressa d'abord ses compliments à Leurs Excellences. Un cri unanime de joie retentit quand on vit le petit homme; sa prétention contrastait trop avec la petitesse de sa taille, pour qu'on n'en rît pas aux éclats. Toutefois, le petit Sélim ne se laissa pas intimider par les rires. Superbement appuyé sur sa canne, calme et grave, il attendait son adversaire avec des airs de triomphe prématuré.

Le chef des esclaves, d'après la demande de Sélim lui-même, avait choisi le plus rapide des coureurs du roi. Celui-ci vint donc se placer près du petit homme, et tous deux attendirent le signal.

Les esclaves du roi ne peuvent croire que Sélim puisse être un courreur-royal.

La princesse Amazza le donna en agitant son voile, ainsi que cela avait été réglé d'avance.

Les deux rivaux partirent alors ; et, comme deux flèches lancées vers le même but, ils s'élancèrent sur la prairie.

D'abord, l'adversaire de Sélim prit sur lui un grand avantage ; mais celui-ci, volant dans sa voiture de pantouffles, le rattrapa bientôt, l'atteignit, le dépassa, et, depuis longtemps, avait touché le but, quand son rival, confus, essoufflé, respirant à peine, épuisé d'efforts, y arriva enfin.

Tous les spectateurs, frappés d'étonnement, demeurèrent d'abord immobiles et silencieux ; mais quand le roi lui-même eut donné l'exemple des applaudissements, la foule éclata en cris de joie, où l'on distinguait ces mots, mille fois répétés, :

— Vive le petit Sélim, le vainqueur de la course !

On amena le nain devant le roi ; Sélim se jeta à ses pieds, et lui dit :

— O roi tout-puissant, je ne t'ai fait voir qu'un modeste essai de ma vitesse ; daigneras-tu m'accorder une place parmi tes coureurs?

Le roi lui répondit :

— Bien mieux, tu seras mon coureur spécial, tu ne quitteras jamais ma personne; de plus, cher Sélim, tu auras cent pièces d'or pour ta récompense, et tu jouiras de l'honneur de manger à la table de mes plus hauts dignitaires.

Sélim, cette fois, crut avoir trouvé le bonheur si ardemment désiré ; son cœur en tressaillit de joie.

Il jouit donc de la faveur du roi, qui sans cesse l'employait à ses dépêches les plus secrètes et les plus pressées. Il s'acquittait de toutes ses commissions avec une parfaite exactitude et une adresse inconcevables; mais les joies et les succès, ici-bas, sont fragiles et peu-durables, le moindre choc les renverse et les détruit !

Les autres domestiques furent bientôt jaloux de ce nain, dont le seul talent consistait à courir très-vite, et qui pourtant les surpassait dans la faveur du maître; ils formèrent secrètement des complots pour le précipiter de la faveur où il s'était placé. D'abord, ils ne réussirent pas, tant était illimitée la confiance du roi dans son premier coureur, car il avait obtenu ce titre en peu de temps.

Sélim, qui s'aperçut de ces mouvements, ne pensa pas d'abord à la vengeance, il avait un trop bon cœur pour cela; il médita seulement les moyens de se rendre agréable et utile à ses ennemis, afin de les désarmer par la reconnaissance. Alors sa canne, dont il ne s'était pas occupé depuis son succès, lui revint à la mémoire.

— Si je trouve des trésors à leur partager, se dit-il, ces messieurs deviendront mes amis dévoués.

Or, plusieurs fois déjà, il avait entendu dire que le père du roi actuel avait enterré beaucoup de trésors, à une époque où l'ennemi envahissait le pays; on ajoutait qu'il était mort sans avoir eu le temps de révéler ce secret à son fils. Dès cet instant, Sélim parcourut sans cesse les jardins du château, sa canne à la main, dans l'espoir de passer un jour ou l'autre à l'endroit où le roi défunt avait enfoui ses trésors.

Un soir, le hasard le conduisit dans une partie des jardins qu'il ne visitait jamais; tout-à-coup, il sentit sa canne s'agiter dans sa main, puis elle frappa trois fois la terre. Il savait ce que cela signifiait : il fit, au moyen de son poignard, des entailles aux arbres voisins, et se retira chez lui, où il attendit impatiemment que la nuit fût venue pour accomplir son projet.

Le petit Sélim s'étant procuré une pioche, se rendit, le cœur palpitant, à l'endroit qu'il avait si bien remarqué; mais il éprouva, dans ce travail, plus de peine qu'il ne l'avait d'abord supposé : sa pioche était trop grande, trop lourde pour ses faibles bras; après avoir travaillé pendant deux heures presque entières, il n'avait encore creusé la terre que de deux pieds environ. Enfin, sa pioche heurta contre un corps dur qui rendit un son métallique; cet indice favorable redoubla ses forces; il creusa plus ardemment, et bientôt il mit au jour un grand couvercle de fer. Il descendit dans la fosse pour voir de près ce que le couvercle pouvait cacher, un grand vase de fer plein de pièces d'or frappa ses yeux éblouis; ses forces étant insuffisantes pour enlever ce vase, il prit le parti d'emplir, autant qu'il le put, son pantalon, sa ceinture, son petit manteau même, puis il recouvrit soigneusement le reste et s'en alla. En vérité, s'il n'avait pas eu aux pieds ses pantoufles

Le jeune Sélim trouve un trésor.

magiques, il n'aurait pas pu avancer, tant il ployait sous le poids de l'or. Il arriva à sa chambre sans avoir été aperçu, et cacha son trésor sous les coussins de son divan.

Quand le petit Sélim se vit possesseur de tant d'or, il crut que tout allait changer autour de lui, et que gagnés par ses générosités, ses ennemis allaient devenir ses partisans et ses amis.

Le petit Sélim n'avait pas une profonde expérience des hommes, puisqu'il ignorait encore que ce n'est pas avec de l'or qu'on s'acquiert de vrais amis

Hélas ! pourquoi ne brossa-t-il pas ses chaussures et ne s'en alla-t-il pas vivre, bien loin de la cour, avec ses richesses? il eût beaucoup mieux fait ; mais, pour la seconde fois, il venait de s'approprier le bien d'autrui, et il fallait qu'il subît la peine de ses deux mauvaises actions.

L'or que Sélim prodigua désormais à pleines mains, excita l'envie des courtisans, lui fit de nouveaux ennemis secrets et augmenta l'inimitié des anciens.

Ahuli, le maître-d'hôtel, disait :

— C'est un faux monnayeur !

Achmet, le chef des esclaves, ajoutait :

— Il a obtenu cet or du roi en le flattant et, sans doute, en nous dénigrant près de lui.

Archaz, le grand-trésorier, son plus mortel ennemi, qui ne se faisait pourtant pas faute de puiser dans le trésor royal, allait bien plus loin encore dans ses méchantes suppositions.

— Il a volé cet or ! disait-il.

Pour mieux assurer leur vengeance, ils se concertèrent, et le premier échanson, Corchuz, prit, un jour, en servant son maître, un air triste et abattu, et sut donner à ses grimaces un air si parfait de vérité, que le roi lui demanda la cause de son chagrin.

— Hélas ! répondit-il en soupirant péniblement, je suis triste d'avoir perdu les bonnes grâces de mon maître.

— Que dis-tu, ami Corchuz, depuis quand ai-je cessé de faire briller sur toi le soleil de ma faveur?

— J'ai dû le croire, Seigneur, en vous voyant accabler de richesses votre premier coureur, tandis que vous m'oubliez, moi, votre pauvre et fidèle serviteur.

Le roi, très-surpris, interrogea, et après avoir eu l'air de se faire prier pour répondre, Corchuz lui apprit les distributions d'or du premier coureur. Les conjurés lui firent aisément entendre et croire que Sélim avait dû nécessairement trouver un adroit moyen de voler dans la chambre du trésor royal.

Cette tournure donnée à l'affaire charma tout particulièrement le trésorier, qui eût été fort embarrassé de rendre des comptes.

Le roi ordonna qu'on suivît attentivement tous les pas de Sélim, afin de le saisir en flagrant délit, s'il était possible.

Dans la nuit qui suivit cette dénonciation odieuse, Sélim qui, par ses générosités, avait considérablement diminué sa caisse, prit sa pioche et se rendit à l'endroit du trésor, pour y pratiquer une nouvelle saignée; conduits par Ahuli, le maître-d'hôtel, et Corchuz, le grand-échanson, les gardes le suivirent de loin, et, au moment où il allait remplir d'or son petit manteau, ils tombèrent à l'improviste sur lui, le garrotèrent et le conduisirent au roi.

Celui-ci, rendu de très-méchante humeur par l'interruption de son sommeil, reçut avec colère son pauvre premier coureur; il se mit à l'interroger sévèrement.

Comme pièces de conviction, on avait déposé aux pieds du roi le vase où il restait encore beaucoup de pièces d'or, la pioche et le petit manteau encore plein de ce perfide métal.

Le trésorier affirma, sous serment, avoir surpris, avec ses gardes, Sélim, au moment où celui-ci enfouissait dans la terre le vase encore plein d'or.

Le roi demanda à son coureur s'il niait le fait, et où il avait pris l'or qu'on lui avait vu enfouir.

Le petit homme, pénétré du sentiment de son innocence, répondit simplement qu'il avait trouvé ce vase au jardin, et qu'il avait voulu, non pas l'EN mais le DÉ *terrer,* ce qui était fort différent.

Aucun de ceux qui étaient présents ne put s'empêcher de rire de cette réponse, singulière dans sa naïveté.

Le roi, très-irrité de ce jeu de mots qui, chez son coureur, lui paraissait une insolente témérité, s'adressa à lui en ces termes :

— Comment, misérable, tu oses mentir si bêtement et si impudemment à ton roi, après l'avoir volé!..... Trésorier Archaz, je t'ordonne de déclarer si le chiffre

Sélim est arrêté par les gardes du Palais.

de la somme ici présente ne correspond pas précisément au chiffre de la somme qui manque à notre trésor.

Le trésorier n'avait garde de le nier; il affirma, en outre, qu'il manquait au trésor, depuis quelque temps, une somme bien supérieure à celle-ci, et qu'il pourrait prêter serment que cet argent avait été volé!..... Il en était, en effet, parfaitement sûr.

Le roi commanda donc qu'on chargeât Sélim de chaînes étroites et pesantes, et qu'on le jetât dans un cachot profond; puis, il donna l'or au trésorier, pour le reporter au trésor. Très-content de l'issue de l'affaire, celui-ci se retira chez lui, où il compta tout à son aise ces pièces d'or brillantes. Toutefois, ce lâche malfaiteur ne fit jamais connaître au roi qu'il y avait au fond du vase un billet conçu en ces termes :

« L'ennemi a envahi mon royaume; c'est pourquoi je cache ici une partie de mes trésors. La malédiction de son roi pèsera sur celui qui, les ayant découverts, ne les rendra pas aussitôt à son fils.

» Moi, le roi SADI. »

Dans sa prison, Sélim fit de tristes réflexions sur l'instabilité des choses humaines; il savait, en outre, qu'un vol fait au roi entraînait la peine capitale : d'une autre part, il lui en coûtait beaucoup de découvrir au roi le secret de sa canne, craignant, non sans raison, qu'on ne la lui enlevât, et de se voir privé en même temps de ses pantoufles, plus précieuses encore. Celles-ci, malheureusement, ne pouvaient lui être d'aucun secours dans sa position critique, car étant attaché de très-près au mur par des chaînes étroites, malgré tous ses efforts, il ne pouvait pirouetter sur le talon.

Cependant, lorsque le lendemain on lui lut l'arrêt de sa mort prochaine, il pensa qu'il valait encore mieux vivre sans la canne magique, que de mourir en la possédant; en conséquence, il fit supplier le roi de daigner lui accorder une audience particulière, et, sous la promesse d'une grâce entière, il lui révéla son secret.

D'abord, le roi ne crut pas à la sincérité de son aveu, mais Sélim demanda à subir une épreuve; en conséquence, en prenant soin que son ex-premier coureur l'ignorât, le roi fit enfouir une certaine somme dans le jardin, et lui commanda de déterminer l'endroit exact où elle était enfouie. Sélim l'eut indiqué au bout de quelques moments.

Le roi comprit alors que son trésorier l'avait trompé, et pour le punir, lui envoya, ainsi qu'il est d'usage dans tout l'Orient, un cordon de soie pour s'étrangler lui-même ; ses complices furent jetés en exil. Le roi dit ensuite à Sélim :

— Je t'ai promis la vie, et tu l'auras; mais il me semble que tu ne possèdes pas seulement le secret de la canne ; tu resteras donc en prison jusqu'à ce que tu m'aies avoué le secret de l'inconcevable rapidité de ta course.

Le roi manquait à sa parole, car il avait promis grâce pleine et entière ; il sera puni aussi d'avoir violé sa parole.

Le petit Sélim, à qui la nuit qu'il avait passé en prison n'avait pas inspiré un désir bien vif d'y prolonger son séjour, avoua sur-le-champ au roi que tout son art consistait dans le pouvoir féerique de ses chaussures, mais il ne lui révéla pas le secret de se transporter, à la minute, où l'on voulait, en pirouettant sur le talon.

Le roi, impatient d'en faire l'essai, mit aussitôt les pantoufles et courut comme le vent dans son jardin. Ce jeu, d'abord, le divertit infiniment; mais enfin, il se fatigua et voulut s'arrêter..... Impossible! il allait..... il allait..... il courait..... il volait toujours plus vite..... Sélim se permit cette petite vengeance de le laisser courir jusqu'à ce qu'il tombât sans connaissance.

En revenant à lui, le roi fut fort en colère contre Sélim, qui l'avait ainsi laissé courir jusqu'à le mettre en danger de mort.

— Je t'ai donné ma parole royale, lui dit-il, de t'accorder la vie et la liberté, je la tiendrai; mais à la condition expresse, qu'avant douze heures, tu seras sorti de mon royaume; autrement, je te fais pendre!

Le roi fit déposer la canne et les pantoufflcs dans la chambre du trésor.

Aussi pauvre que jamais, Sélim traversa le pays, allongeant autant que possible ses petites jambes, et maudissant, à part lui, la folie qui l'avait porté à se croire destiné à jouer un rôle à la cour.

Heureusement, le pays dont il était chassé n'offrait pas une grande étendue; en moins de huit heures, il fut à la frontière, quoique la marche lui fût devenue bien pénible, tant il était habitué à ses chères pantouffles.....

Le Roi ordonne à Sélim de sortir de son Royaume.

Lorsqu'il eut franchi la frontière, il quitta la grande route pour s'enfoncer dans la profonde solitude des forêts, voulant fuir jusqu'à la vue des hommes, qu'il ne pouvait plus souffrir.

Au sein d'un bois épais, il trouva une place qui lui parut favorable à l'exécution du projet sinistre qu'il avait conçu.

Un ruisseau où coulait avec un doux murmure une eau limpide, un gazon moelleux, l'invitèrent à s'arrêter. Il s'assit en cet endroit, résolu de ne plus prendre aucun aliment et d'y attendre la mort; il s'endormit bientôt, accablé sous le poids de ses tristes réflexions. En se réveillant, il souffrait déjà de la faim; il comprit aussitôt que la mort par inanition était une des plus douloureuses, et se mit à regarder de tous côtés, cherchant s'il ne trouverait pas quelque chose à mettre sous la dent.

Des figues mûres et vermeilles pendaient précisément à l'arbre sous lequel il s'était endormi; il en cueillit quelques-unes, les goûta, et les trouvant délicieuses, s'en régala. Il descendit ensuite au ruisseau, pour s'y désaltérer; mais sa terreur fut extrême, lorsque le miroir de l'eau lui montra sa tête ornée d'une paire d'oreilles monstrueuses, et son visage, d'un nez d'une grosseur et d'une longueur démesurées. Surpris au dernier point, il tâta ses oreilles avec ses mains, et les trouva longues de plus d'un pied.

— J'ai mérité cette punition, se dit-il, car je me suis approprié le bien d'autrui ; j'ai mérité surtout des oreilles d'âne, car, ainsi qu'un âne, j'ai foulé ma fortune aux pieds !

Il marchait donc, résigné, sous les arbres ; mais au bout de quelques heures, la faim l'aiguillonnant de nouveau (Sélim n'aimait pas plus à souffrir de la faim qu'à se voir en prison), il fut obligé, bon gré mal gré, d'avoir de nouveau recours à ces fruits aussi beaux que perfides, car la forêt n'offrait absolument que des figues. En mangeant, il se demandait si, à la rigueur, ses oreilles ne pourraient pas se dissimuler sous un vaste turban ; mais son nez... ce nez ridicule, colossal, impossible !... que faire d'un tel nez?...

Tout-à-coup, il lui semble que ses oreilles ont disparu..... O ciel ! serait-il vrai? Pour s'en assurer, il recourut aussitôt au miroir du ruisseau, et, en vérité, il vit avec une joie indicible que ses grandes oreilles et son nez gigantesque avaient repris leurs dimensions naturelles. Il comprit immédiatement ce qui s'était passé ; les premières figues qu'il avait mangées avaient allongé son nez et ses oreilles, les secondes l'avaient guéri de cette ridicule infirmité.

Il en conclut, tout heureux, que son bon sort lui mettait une seconde fois la fortune entre les mains ; le Ciel avait commencé par le punir de ses fautes, puis son repentir lui avait valu sa grâce.

Il cueillit alors séparément, des premiers et des seconds figuiers, autant de fruits qu'il pouvait en emporter, et rentra dans le pays qu'il venait de quitter. Dans le premier village où il arriva, il se rendit méconnaissable en revêtant d'autres habits, et s'avança vers la ville qu'habitait le roi ingrat et injuste par qui il avait été dépouillé; il y arriva bientôt.

C'était précisément la saison où les fruits mûrs sont encore rares; le petit Sélim se plaça sous un des porches du Palais-Royal, car ayant l'expérience des habitudes des gens du roi, il ne doutait pas que ces primeurs ne fussent achetées par le maître-d'hôtel pour la table de

Sa Majesté. Peu de temps, en effet, s'était écoulé, quand il vit le maître-d'hôtel traverser la cour. Celui-ci passa une revue des marchandises étalées sous ses yeux, puis ses regards tombèrent sur le panier de figues.

— Ah! ah! une marchandise très-rare, s'écria-t-il, et qui plaira fort à Sa Majesté!... quel prix en veux-tu?

Sélim n'exigeant qu'un prix peu élevé, le marché fut promptement conclu; le maître-d'hôtel donna le panier à un esclave et passa plus loin. Le petit Sélim s'éloigna promptement dans la crainte, très-fondée, que les têtes de la cour, une fois embellies de sa façon, on ne le cherchât pour le punir.

Le roi fut très-gai à table et fit des compliments à son maître-d'hôtel, sur l'excellence de sa chère, sur le zèle qu'il montrait à lui procurer des primeurs. Le maître-d'hôtel, songeant à la rare friandise qu'il réservait à son maître, pour le dessert, le maître-d'hôtel (ce n'était plus le même), souriait finement, se contentant de répondre quelques phrases banales, comme : « Il fera encore jour demain, » ou : « La fin couronne l'œuvre! » si bien qu'il excita la curiosité des princesses, impatientes de savoir ce qu'on allait encore leur servir.

Après avoir mangé des figues le nez de chaque convive s'allongea à vue d'œuil.

Quand les figues appétissantes parurent, un : « Ah ! » général s'échappa de toutes les lèvres.

— Comme elles sont mûres et fraîches, et veloutées ! s'écria le roi ; rien qu'à les voir, l'eau m'en vient à la bouche ! Maître-d'hôtel, tu es un brave homme, un serviteur excellent, et tu mérites bien notre faveur.

En parlant ainsi, le roi, qui était fort avare de telles friandises, servit lui-même des figues à chaque convive, à la ronde ; chaque prince et chaque princesse en reçut deux, chaque dame de la cour, une ; puis il plaça le reste devant lui, et se mit à les avaler avidement.

— Ah ! mon Dieu ! papa, que tu as l'air drôle ! s'écria tout-à-coup la princesse Amazza.

Tous les yeux, étonnés, se portèrent sur le roi, dont la tête s'était ornée d'oreilles immenses, tandis que son nez prodigieux descendait jusqu'à terre, le long de son menton.

Les assistants, se regardant aussitôt entre eux, furent saisis de surprise et d'épouvante, car tous étaient pourvus d'oreilles extraordinaires et d'un nez qui ne l'était pas moins.

On peut se figurer l'émotion de cette nombreuse

assemblée; on envoya, sans retard, chercher les plus célèbres médecins : ils vinrent en foule, ordonnèrent des pilules et des potions, mais les nez et les oreilles n'en conservèrent pas moins leurs imposantes dimensions. De désespoir, un des fils du roi se fit opérer, et l'instant d'après, il jouissait encore de son magnifique nez et de ses superbes oreilles : tout avait repoussé subitement, comme par enchantement.

De la cachette où il s'était retiré, Sélim avait entendu tous les détails de cette plaisante histoire; il reconnut donc que le moment d'agir était venu pour lui.

Avec l'argent de ses figues, il s'était procuré un costume complet de docteur; une longue barbe en poils de chèvre acheva la métamorphose.

Ainsi travesti, il se présente au palais et offre ses offices, en qualité de médecin voyageur. On ne crut pas d'abord à ses talents inconnus; mais Sélim ayant donné une figue à manger à l'un des courtisans, et le nez et les oreilles de celui-ci ayant aussitôt repris leur forme naturelle, ce fut à qui serait guéri par le bon médecin étranger. Il faisait de l'homœopathie sans le savoir. Il mit ses cures merveilleuses à haut prix, et se fit ainsi sans peine, et d'un seul coup, une jolie fortune.

Le roi enfin, le prenant silencieusement par la main, le conduisit à la salle du trésor.

— Voilà mes trésors, lui dit-il, choisis toi-même ce qui te conviendra, je te le donnerai; mais, au nom du Ciel, délivre-moi de mes affreuses oreilles et de mon nez, encore plus affreux, si cela est possible.

Ces paroles furent pour Sélim une délicieuse musique; dès l'entrée, il avait vu ses chères pantouffles par terre et dans un coin, sa canne, non loin d'elles. Il se promena d'abord quelque temps dans la salle, feignant d'admirer les trésors du roi; mais à peine arrivé aux pantoufffes, il y entra lestement ses pieds, prit sa canne à la main, arracha sa barbe, et montra au roi, pétrifié d'étonnement, la figure de son ami Sélim.

— Roi perfide, lui dit-il, toi qui récompenses si noblement tes fidèles serviteurs, pour ton châtiment, tu porteras toute ta vie la difformité repoussante qui te distingue maintenant; elle te rappellera, à chaque instant, l'indignité de ta conduite envers moi.

En parlant ainsi, il pirouetta rapidement sur son

talon, et avant que le roi, revenu de sa stupéfaction, pût appeler ses gardes, Sélim disparut.

Le roi conserva donc des oreilles à combler d'orgueil et de joie l'âne le plus exigeant, sous ce rapport ; il conserva aussi bien plus d'un pied de nez.

Le petit Sélim avait recouvré ses pantouffles et sa canne magiques, mais il n'osait plus s'en servir pour courir après la fortune ; il comprenait combien un pouvoir surnaturel offre de dangers à l'homme qui en est revêtu. Il résolut de suivre la route commune, et de faire sa fortune par les moyens ordinaires à tous les hommes, c'est-à-dire par le travail.

Pour la première fois de sa vie, il songea que son père avait trouvé des ressources honorables et suffisantes dans sa profession de tailleur ; mais, hélas ! petit Sélim n'avait guère écouté les leçons de son père, à peine savait-il tenir une aiguille. Il fallait vivre, pourtant ; à chaque instant, son estomac lui criait impérieusement :

— Il faut manger pour vivre !

Mais pour acheter à manger, il faut de l'argent, et pour gagner de l'argent, il faut travailler.

Il se présenta poliment dans une boutique de tailleur, et demanda à y être employé pour sa nourriture et son logement seulement, et s'appliqua tellement à bien faire, qu'en moins de deux ans, il devint un ouvrier vraiment très-habile; alors, son maître reçut la nouvelle qu'un oncle venait de mourir à Bossora, lui laissant une fortune considérable, mais à la condition expresse qu'il viendrait à temps régler sa succession, sinon, il le déshéritait.

Or, le courrier s'était trouvé arrêté dans son voyage, et quand la nouvelle arriva, le maître de Sélim n'avait pas six heures devant lui pour obéir à son oncle; il allait donc certainement perdre cette riche succession. Comment, en effet, franchir mille six cents kilomètres, en six heures? Aussi, le pauvre Ahmed se désolait à faire pitié.

— De quoi vous désolez-vous, maître? lui dit Sélim; qu'importe plus ou moins de fortune? n'avez-vous pas une boutique bien achalandée, une modeste aisance par votre travail ? que faut-il de plus pour être heureux?

— Vraiment, mon bon Sélim, tu es bien philosophe;

ainsi, tu perdrais une si belle succession sans regrets?

— Moi, maître, je n'y songerais même pas, si j'avais comme vous une boutique si bien achalandée.

— Eh bien! trouve le moyen de me transporter en une heure à Bossora, et, foi d'Ahmed, je te donne ma boutique et ma clientèle en toute propriété.

— Vous seriez bien attrapé, si j'acceptais ce marché.

— Bien attrapé? essaie..... Mais, bast! voilà bien des mots inutiles; cela est aussi impossible que d'aller dans la lune.

— Oh! beaucoup moins, maître, beaucoup moins, je vous assure. Tenez-vous sérieusement le marché?

— Oui, très-sérieusement.

— Je suis donc propriétaire de votre magasin..... Écoutez-moi; si je vous prête des chaussures, au moyen desquelles vous irez à Bossora, non pas en six heures, mais en une minute, me les rendrez-vous en revenant?

— Par le Prophète, je te les rendrai fidèlement, et je serai ton ami pour la vie.

— Mettez donc ces pantoufles, tournez trois fois sur le talon, et souhaitez-vous à Bossora.

Ahmed se rend à Bossara en une minute pour recueillir un héritage.

Ahmed obéit à cet avis et disparut aussitôt. Quinze jours après avoir recueilli sa succession, il revint, rendit fidèlement à Sélim ses pantouffles, et l'établit chez lui comme son successeur.

Sélim, enchanté, redoubla d'activité, et, pendant plus de trente ans, vécut honorablement de son travail; mais il ne fut pas trente ans à s'apercevoir que le travail est la seule fortune à l'abri des revers.

Cinq années, en effet, ne s'étaient pas écoulées depuis le départ d'Ahmed, qu'un jour, il le vit revenir tout en larmes chez lui, pâle, maigre, défait, en haillons; le pauvre Ahmed avait perdu d'abord un quart de sa fortune sur mer, un autre quart dans un incendie, le troisième avait été enlevé par des voleurs, et le quatrième par un dépositaire infidèle; Ahmed fut trop heureux de trouver un asile et du travail dans cette maison, où il avait commandé en maître. Sélim lui témoigna, du reste, toujours les plus grands égards, et le traita plutôt en ami qu'en employé.

— Oh! si j'avais vos pantouffles, lui disait souvent le pauvre Ahmed, je saurais bien les faire servir à ma fortune!

— Ne le croyez pas, mon ami ; il n'y a de fortune légitime que celle qui vient par le travail ; toute autre manière de faire fortune est pernicieuse, j'en ai fait l'expérience, et je ne vous prêterai pas mes pantouffles.

— Ah ! si j'avais, du moins, votre canne qui découvre les trésors enfouis dans la terre !

— Elle serait la cause de votre perte..... D'abord, l'argent que vous découvririez aurait, sans doute, un légitime possesseur à qui vous en devriez le compte... et si l'on vous voyait vivre à rien faire, on vous soupçonnerait justement d'avoir volé, et vous seriez exposé à toutes sortes de dangers. Croyez-moi, travaillons sans nous plaindre..... le travail est le plus sûr, le plus inépuisable, le plus saint des trésors.

Cependant l'âge arrivait, et si Sélim avait vécut honorablement, il n'avait rien pu amasser, et il se demandait avec effroi ce qu'il deviendrait, le jour où il ne pourrait plus travailler.

Malgré cette inquiétude, il n'eut pas une seule fois l'idée de demander à ses pantouffles ou à sa canne le moyen de faire fortune. La Providence récompensa enfin son courage et sa modération.

Le pays se trouva en proie à une cruelle famine; il fallut acheter du blé à grands frais, et le trésor public étant vide, les populations allaient être réduites à mourir de faim.

Sélim avait appris par l'expérience; que si le travail est un trésor, l'utilité dont un homme est à ses concitoyens, peut rendre toute fortune légitime; d'ailleurs, quoiqu'il ne souffrît pas lui-même encore physiquement de cette famine, son bon cœur s'affectait douloureusement des souffrances auxquelles il voyait un si grand nombre de ses concitoyens en proie. La Providence lui sut gré de ce noble sentiment, et lui inspira l'idée qui devait faire tout à la fois sa fortune et le salut du pays.

Il alla trouver le roi et lui dit :

— Sire, je viens mettre aux pieds de Votre Majesté, un moyen certain de sauver ce pays des misères affreuses auxquelles il va être en proie. Cette canne magique a le don d'indiquer la place où gît un trésor enfoui sous terre; elle désigne aussi tous les gisements d'or et d'argent. Si Votre Majesté veut me le permettre, je parcourrai avec soin tout le pays, et je lui ferai connaître tous les trésors que j'aurai trouvés, afin qu'elle les fasse enlever par des hommes de confiance; j'indiquerai aussi les points sur lesquels il conviendra d'envoyer des mineurs; ensuite de quoi, je reviendrai déposer cette canne entre les mains de Votre Majesté.

— Et que demandes-tu pour toi-même? en nous rendant de si grands services, en faisant un tel présent à ton roi, tu as le droit d'être exigeant..... tu veux, sans doute, une immense fortune.

— Qu'en ferais-je, Sire? Je serai trop content, si Votre Majesté m'assure de quoi vivre honnêtement et modestement, quand l'âge m'empêchera de travailler.

— Tu es un sage; vas, et sois-en certain, tes vœux seront remplis..... tes concitoyens t'honoreront comme tu mérites de l'être, et ton prince sera ton meilleur ami.

Sélim tint sa parole; il découvrit une grande quantité de trésors confiés à la terre, il fit ouvrir plusieurs mines riches d'or et d'argent, et, grâce à lui, l'abondance succéda à la disette.

Il ne cessa de travailler que quand sa vue devint trop faible; le prince tint aussi sa parole, et depuis ce temps, le petit Sélim vit admiré, honoré de tous ses concitoyens. Chacun sait, en effet, qu'il n'a voulu devoir ses moyens d'existence qu'à son travail de chaque jour, quand il aurait pu faire fortune par des moyens surnaturels; chacun sait aussi qu'il n'avait qu'un mot à dire pour acquérir une immense fortune au prix d'un immense service rendu au pays, et qu'il s'est contenté de la plus modeste aisance : chacun donc, en parlant de lui, s'écrie :

« *Sélim n'est pas un homme grand, c'est un grand homme!* »

EN VENTE : A LA MÊME LIBRAIRIE.

LA FÉE MIGNONNE

Par Mme *Adrienne de Frêne,* illustré de 9 gravures à 2 teintes. 1 très-beau vol. petit in-4o, riche cartonnage, avec couverture spéciale en 6 couleurs.

LA FLEUR DES ZOUAVES

Par Mlle *Emma Faucon,* illustré de 9 gravures à 2 teintes et vignettes sur bois. 1 très-beau vol. petit in-4o, riche cartonnage, t. b., couverture spéciale en 6 couleurs.

LES PLAISIRS DU PRÉ CATELAN

Par *A.-C. Bouyer,* illustré de 9 gravures à 2 teintes et de vignettes sur bois. 1 très-beau vol. petit in-4o, riche cartonnage, t. b., couverture spéciale en 6 couleurs.

LES DEUX ARTISTES

Ou Musique et Peinture, par *A.-C. Bouyer,* illustré de 9 gravures à 2 teintes. 1 très-beau vol. petit in-4o, riche cartonnage, t. b., couverture spéciale en 6 couleurs.

LE NAUFRAGE POUR RIRE

Par M. *Castillon,* illustré de 9 gravures à 2 teintes. 1 très-beau vol. petit in-4o, riche cartonnage, t. b., couverture spéciale en 6 couleurs.

LE JEUNE MATELOT

Marie-Jeanne, par Mme *la comtesse de Renouville,* illustré de 8 gravures à 2 teintes et vignettes sur bois. 1 beau vol. petit in-4o, riche cartonnage, t. b., couverture spéciale en 6 couleurs.

LE PÈRE CONTE-TOUJOURS

Par Mme *la comtesse de Renouville,* illustré de 9 gravures à 2 teintes et de vignettes sur bois. 1 très-beau vol. petit in-4o, riche cartonnage, t. b., couverture spéciale en 6 couleurs.

LA FÉE SUCRÉE

Ou la Soirée de Noël, par Mlle *Adèle de Nouvion,* illustré de 9 gravures à 2 teintes et orné de vignettes sur bois. 1 très-beau vol. petit in-4o, riche cartonnage, t. b., couverture spéciale en 6 couleurs.

POUDRE MERVEILLEUSE DE PERLINPINPIN

Par Mme *la comtesse A.-B. de Richecourt,* illustré de 9 gravures à 2 teintes et orné de vignettes sur bois. 1 très-beau vol. petit in-4o, riche cartonnage, t. b., couverture spéciale en 6 couleurs.

M. DE SIMILOR EN CALIFORNIE

Par M. *C. de Saint-Estève,* illustré de 9 gravures à 2 teintes et orné de vignettes sur bois. 1 très-beau vol. petit in-4o, riche cartonnage, t. b., couverture spéciale en 6 couleurs.

LES MÊMES OUVRAGES, *gravures coloriées,* riches cartonnages, t. b.

MEULAN. — IMPRIMERIE DE A. MASSON.

www.ingramcontent.com/pod-product-compliance
Ingram Content Group UK Ltd.
Pitfield, Milton Keynes, MK11 3LW, UK
UKHW020328220726
13923UKWH00003B/1432

9 782019 627249